LES ACTRICES

DU THÉATRE

DE

LA PORTE SAINT-MARTIN.

REVUE GÉNÉRALE

DE CES DAMES.

PAR UN DE LEURS BONS CAMARADES.

A PARIS,

CHEZ ÉMILE BUISSOT, LIBRAIRE,

TENANT CABINET DE LECTURE,

RUE PASTOURELLE, Nº. I, AU MARAIS.

1821.

LES ACTRICES

DU THEATRE
DE LA PORTE SAINT-MARTIN.

DE E'IMPRIMERIE DE CONSTANT-CHANTPIE,
RUE SAINTE-ANNF, N° 20.

LES ACTRICES

DU THÉATRE

DE

LA PORTE SAINT-MARTIN.

REVUE GÉNÉRALE

DE CES DAMES.

PAR UN DE LEURS BONS CAMARADES.

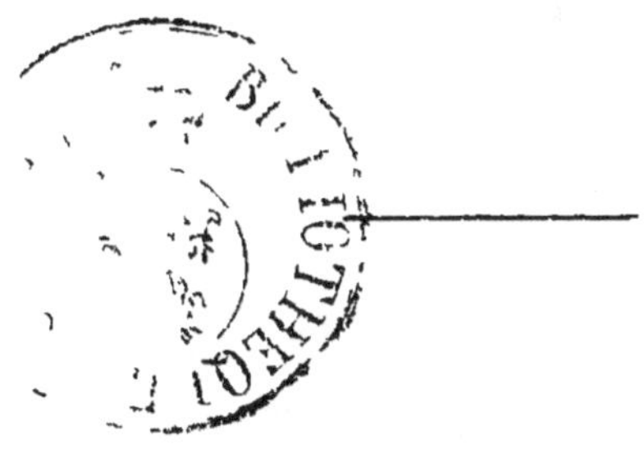

A PARIS,

CHEZ ÉMILE BUISSOT, LIBRAIRE,

TENANT CABINET DE LECTURE,

RUE PASTOURELLE, N° 1, AU MARAIS.

1821.

LES ACTRICES

DU THEATRE

DE LA PORTE SAINT-MARTIN.

O dieu des vers daigne me pardonner

De rimailler la funeste manie.

Un seul objet exempt, tu peux abandonner

Le reste du sujet à mon pesant génie !

    Belle *Jenny*, je ne veux point chanter

Ce que le ciel vous a donné de charmes

Chacun sait trop qu'on ne peut éviter,

Dès qu'on vous voit de vous rendre les armes.

Trente (1) miroirs vous disent tout le jour :

« Ces yeux malins, ce sourire, ces grâces,

» Ce joli sein où respire l'amour,

» Fixent toujours les désirs sur vos traces ».

____

(1) Pour nombre indéterminé.

Votre talent, dois-je le célébrer?

J'entends déjà les clameurs de l'envie.....

Laissons tout bas les pecques murmurer;

Votre mérite est dans leur jalousie.

Qui marche donc après vous?.... C'est *Florval*.

J'affimerai qu'elle chante à merveille;

Sa voix souvent a charmé mon oreille ;

Mais las ! son nez me feroit trouver mal.

Le directeur n'en pense pas de même;

Sans plaisanter , on assure qu'il l'aime ,

Et qu'il fournit l'argent que chaque soir

On perd au jeu , chez le traiteur *Defrène*.

Bizarre amour ! tout doit porter ta chaîne ,

Puisqu'un sergent (1) reconnaît ton pouvoir!!!!

Eh! malheureux , si ton large derrière

Avait reçu deux cents coups d'étrivière,

Et qu'on t'en eût promis trois fois autant

Pour t'obliger , une fois seulement

A consommer avec ce laid visage

Entre deux draps, l'œuvre du mariage ,

---

(1) Chacun sait quel a été le premier état de **M. Lefeuve.**

L'on te pourrait peut-être pardonner ;

Mais lorsque rien ne pouvait t'y forcer !.....

En vérité tu n'es pas excusable.

Occupons-nous d'un objet plus aimable.

Soit ; cherchons-le , mais diable où le trouver ?

De tous côtés j'ai beau jeter la vue ,

Certes je crois que c'est peine perdue ,

Et qu'à ce soin il me faut renoncer.

Mais un frondeur dira que pour la rime ,

Objet aimable à point s'est rencontré.

Faudrait-il donc me l'imputer à crime ,

Si malgré moi je me suis empêtré ?

Je l'ai cherché vers mainte et mainte dame

Sans l'avoir vu ; sur qui tombe le blâme ?

    Qui vois-je donc venir les yeux baissés ?

C'est *Malvina* qui lentement s'avance.

N'effrayons pas sa timide innocence,

Aubray nous dit qu'elle en a ; c'est assez.

Quelques méchans contestent son mérite ;

Mais il faut bien qu'elle en ait , la petite ,

Pour partager avec *Mariani*

Les lourds baisers du papa *Piccini*.

Mariani m'a vu sous son empire;

Ami lecteur, je ne puis rien en dire.

Je n'irai pas, complaisant indiscret,

Vous révéler son mérite secret.

Je puis parler de la prude *Herminie.*

A la lumière on la trouve jolie;

Le blanc, le rouge, étendus sur sa peau,

Trompent les yeux, et cet éclat nouveau

Masque assez bien sur son pâle visage,

D'un doux travail le nocturne ravage.

En grimaçant arrive la *Caussin,*

Son noir museau s'allonge, se retire.

Quel est vers moi le motif qui l'attire?

De m'étrangler auroit-elle dessein?

Haro ! je sens ses ongles sur ma face.

Pour l'apaiser que faut-il que je fasse?

« Au nom du ciel, calmez votre courroux,

» Je veux, madame, en bien parler de vous.

» Je sais mentir à l'égal d'un dentiste,

» Bien mieux encore, autant qu'un journaliste.

» Le *Drapeau Blanc* n'est pas plus imposteur

» Dans ses accès que votre serviteur.

» De vos appas j'exalterai les restes,

» J'applaudirai votre débit, vos gestes.

» Paraîtrez-vous, des légions de sots

» Etourdiront par d'enragés bravos ».

Vous connaîtrez mon zèle infatigable,

Pour vous servir je ferai pis qu'un diable;

Mais, par pitié, que vos poignets nerveux

Pour un instant relâchent mes cheveux!

Je croyais bien après cette algarade

En être quitte..... une vieille pintade,

Que Belzébuth pondit probablement,

Et qu'au théâtre on nomme *Saint-Amand*,

Vint à son tour m'assaillir de plus belle.

« A votre goût, comment suis-je? dit-elle,

« N'ai-je pas l'air d'être dans mon printemps?

» On croit partout que je n'ai que vingt ans,

» Dans mon emploi je suis un peu ganache,

» Convenez-en...... Jamais je ne me fâche (1);

» Mais n'est-il pas cruel, dans mes beaux jours,

» De ne jouer que les vieilles toujours?

---

(1) Mauvaise rime.

» J'ai le regard un peu faux, un peu louche,

» Et quelques dents de moins par-ci, par-là;

» Mais au public je cache tout cela,

» Et quand je ris je tords fort bien la bouche. »

A chaque mot de sa péroraison

Je lui disais : « Oui, vous avez raison,

» D'accord, sans doute, ainsi que vous je pense. »

Deux bons soufflets furent ma recompense.

Je respirais enfin selon mes vœux

En me croyant à l'abri des fâcheux,

Quand un maraud, grand chercheur de querelle,

Me dit : « Monsieur, *Descote* est mon objet;

» Or, sans façon, dites-moi, s'il vous plaît,

» Le jugement que vous portez sur elle. »

Oh! oh! Monsieur, je vous fais compliment,

Lui dis-je, avec beaucoup de politesse,

Votre bonheur est grand, je le confesse,

Et ce choix montre un bon discernement;

Elle est encore à la fleur de son âge

Et sage au point qu'on la nomme sauvage;

Son jeu me plaît, et je crois franchement

Que le public la voit trop rarement.

A ce discours des larmes de tendresse
De mon butor inondaient les gros yeux.
Plus il pleurait, et plus de sa princesse
Je lui faisais un éloge pompeux ;
Mais en pitié le ciel vit ma souffrance ;
Il prit enfin sa canne et son chapeau ,
Et, m'embrassant avec reconnaissance ,
En s'en allant il beuglait comme un veau.
Pour moi, plaignant son humeur débonnaire ,
Je m'écriai derrière ce nigaud :
Je veux morbleu que la fièvre me serre
Si j'ai dit vrai , si j'en pense un seul mot.
Passons, passons. *Hugens*, pauvre malade ,
Va te guérir de tes convulsions ;
Tes yeux sont creux , et ton haleine est fade ;
Il te faudrait encor des potions ,
De celles qui..... tu comprends mon langage ;
Je ne veux point en dire davantage :
Pour quelques temps les battoirs de claqueurs
Seront privés d'applaudir tes grimaces ;
Mais l'on verra rentrer les spectateurs
Que ton aspect faisait fuir de leurs places.

Si ma franchise allume ton courroux

Beau chevalier (1), viens me porter tes coups.

J'ai vu jadis la gentille *Adeline*

Les yeux en pleurs fixés sur des oignons (2).

J'ai vu ses doigts, si jolis si mignons,

Laver les plats et faire la cuisine.

Laver les plats!!! hélas! dans la débine

Il faut tout faire, *et c'est ce qu'elle a fait.*

Mais les faveurs que Plutus lui promet

Sauront bientôt cacher son origine.

De *Pelletier* c'est maintenant le tour :

En ce moment à mon cœur elle est chère;

La volupté s'arrange du mystère,

Ainsi je dois sur elle rester court.

Puis-je prôner qu'elle a dessous le linge

L'odeur d'un bouc et les formes d'un singe?

Que du moment qu'un busc en son réduit

Dans ses détours rend sa gorge plus libre, ,

---

(1) Mlle Hugens joue de prédilection les rôles d'hommes de tous les genres possibles.

(2) Mlle Adeline a été cuisinière de l'actrice Cuisot.

S'abandonnant aux lois de l'équilibre,

Sur son giron elle tombe avec bruit?

Puis-je prôner que sa cuisse est ridée,

Et qu'autre chose a près d'une coudée?

Et qu'il faut bien des efforts généreux

Pour en braver les accès périlleux?....

Mais brisons-là. Je jouais un beau rôle,

N'allais-je pas comme un nouveau Candaule

Initier mon avide lecteur

Dans les détails de ce corps enchanteur,

Et préparer à quelque tête ardente

Tous les chagrins dont l'amour nous tourmente ...!

Je veux par elle être seul captivé.

De mon discours le terme est arrivé.

Parler de vous, mesdames les Danseuses,

Serait, je crois, vous rendre trop heureuses

Je ne dois pas vous faire tant d'honneur,

Et je suis bien votre humble serviteur

FIN.